POONAM KA CHAND

THE HIDDEN LOVE STORY OF 2 MOON

BY

RANJIT SHARMA

ISBN 978-93-5438-615-2

Published in India 2020 by Pencil

A brand of

One Point Six Technologies Pvt. Ltd.

123, Building J2, Shram Seva Premises,

Wadala Truck Terminal, Wadala (E)

Mumbai 400037, Maharashtra, INDIA

E connect@thepencilapp.com

W www.thepencilapp.com

Author biography

रंजीत

मेरा नाम रंजीत शर्मा है मेरे पिताजी का नाम जोगिंदर शर्मा मेरी माता का नाम सीता देवी मेरा जन्म बिहार में समस्तीपुर के गांव राजघाट में हुआ था उसके बाद बचपन में ही हमारा पूरा परिवार दिल्ली आ गया था।

दिल्ली में ही मेरी प्रारंभिक शिक्षा हुई पहली से दसवीं तक की पढ़ाई मैंने शिव बिहार के एक सरकारी स्कूल में करी 11 वीं और 12 वीं की पढ़ाई भी मैंने विकासपुरी के एक सरकारी स्कूल में पूरी करी।

वर्तमान में मैं बीकॉम सेकंड ईयर में हूं जब आप मेरी यह बुक पढ़ रहे हो तब तक मैं ग्रेजुएट हो चुका हूंगा।

लिखने की शुरुआत मैंने लगभग बचपन में ही करी थी लिखने की हर एक वजह मैं उस लड़की को मानता हूं जिसे मैं पूनम का चांद बोलता हूं वह एक काल्पनिक लड़की है मुझे नहीं पता वह है भी या नहीं पर वह मेरी किताबों में और मेरे ध्यान में है वह मेरी लिखने की वजह है।

ज्यादा कुछ अपने बारे में बताने को है नहीं आप सोशल मीडिया के माध्यम से जुड़ सकते हैं मुझसे आप जो चाहे पूछ सकते हैं मेरी इंस्टाग्राम आईडी है @shriranjitsharma

Contents

पूनम का चांद THE HIDDEN LOVE STORY OF 2 MOON

वैसे उम्मीद तो बहुत कम है लेकिन अगर आप मेरी किताब पढ़ रहे हैं तो सबसे पहले मेरा फर्ज बनता है कि आपको इस किताब के बारे में कुछ सामान्य जानकारी दे दूं ताकि आपको ऐसा ना लगे आपने पूरी किताब पढ़ी और आपको यह किताब नहीं पढ़नी चाहिए थी ।

सामान्य बात करूं तो इस किताब को ख्वाब और सपनों के आधार पर लिखा गया है जो एक लड़का या सामान्य लड़का पूरे करने की कोशिश करता है हां लेकिन हिंदू धर्म से संबंधित अपार ज्ञान जो कि आपको जीवन में सहायता प्रदान करता है । तो आप कोई भी ख्वाब आसानी से पूरा कर सकते लेकिन आप की एक गलती आपको पूरी तरह बर्बाद कर सकती है इसमें कोई दो राय नहीं ।

तो चलिए ख्वाब से शुरू करते हैं फिर आपको सच्चाई से भी पूरी कहानी में रूबरू कराया जाएगा ख्वाब काफी खूबसूरत होते हैं इसीलिए सबसे पहले मैं आपको ख्वाब के बारे में बता दूं तो ज्यादा अच्छा रहेगा ताकि इस कहानी में भरी तकलीफ को आप महसूस कर सके ।

आमतौर पर आप मेरी शुरुआती परिवार की अवस्था को गरीबी , अमीर , ज्ञानी , अज्ञानी इन वर्गीकरण में ना बाटे तो ज्यादा अच्छा रहेगा ।

तो चलिए दिल्ली से शुरू करते हैं आमतौर पर यह कहानी बिहार से शुरू होती है लेकिन जैसा कि मैंने आपको बताया कि पहले सुनहरे ख्वाबों के बारे में जान लिया जाए ताकि उन बातों को समझने में भी सरलता हो जो तकलीफ देए है ।

एक सामान्य सा ख्वाब

प्रधानमंत्री बनने का

और उसे होम मिनिस्टर बनने का

अगर आप भारत जैसे लोकतंत्र में रहते हैं तो आप आसानी से प्रधानमंत्री बनने का सपना देख सकते हैं।

और बन भी सकते हैं अगर आपके पास काबिलियत और बहुत सारा पैसा हो।

अगर आपको भविष्य पता है तो आप कुबेर से भी ज्यादा अमीर हो सकते हैं लेकिन आपको समय का ध्यान रखना बहुत जरुरी है। और भविष्य का पता लगाना भारतीय लोगों के पारंपरिक उपलब्धियों में से एक है।

सोचिए आपने बिटकॉइन के शुरुआती दोरो में आप ने बहुत सारे बिटकॉइन लिए हो और उसके बाद आप उसे किसी स्केच (चित्र) में उसकी सारी जानकारी डाल के उसे दे जिससे आप बहुत ज्यादा प्यार करते हो उसे दे दीया हो। शायद सभी आपको यह बातें समझ में ना आ रही हो लेकिन अगर आप किताब के मध्य में पढ़ेंगे तो सारी शंकाएं दूर हो जाएंगे आपकी तो अब आप अनुमान लगा सकते हैं कि 2020 तक में आप कितने अमीर हो चुके होंगे हां लेकिन वो बात अलग है कि आपके पास सारी बिटकॉइन संबंधित सारी जानकारी होनी चाहिए वरना आप अमीर होकर भी कंगाल रह सकते।

आप की स्थिति इस दोहे जैसी हो जाएगी

कि मोहब्बत की है उसे प्यार का मंदिर बना लिया

दिल में उन्हें बिठाकर देवी बता दिया

ख्वाहिश तो थी भक्त बनने की

उन्होंने मंदिर पर बैठा भिखारी बना दिया ।।।

खैर इन बातों को छोड़िए पहले ख्वाब का परिचय दे दे ख्वाब अनुसार और एक विचारधारा की अनुमानित सिद्धांत के अनुसार जीवन कैसा होना चाहिए क्या आप इतना अनुमान लगा सकते हैं कि आप अपने जीवन को अपने तरीके से सैद्धांतिक रूप से आकार दे सकें जैसा आप चाहें।

तो हां मैं भी अपने जीवन को कुछ इस तरह का आकार देना चाहता हूं जैसा मैं चाहूं हमेशा वैसा ही हो इस तरह का घमंड रखना सही तो नहीं है लेकिन आपके पास थोड़ा बचपन से ही धार्मिक ज्ञान और ज्योतिष शास्त्र का ज्ञान होता है ऐसा घमंड आ जाना तो लाजमी है लेकिन घमंड का त्याग करना बहुत ही महत्वपूर्ण है वरना जीवन में किसी भी उपलब्धियों को हासिल नहीं किया जा सकता घमंड आपको कब खोखला कर देगा अंदर से आपको खुद पता नहीं चलेगा।

खैर इन बातों को छोड़िए अपने मूल विषय पर बात कर लेते हैं

एक छोटा सा ख्वाब था प्रधानमंत्री बनना देश में सभी गरीब लोगों को समानता का अधिकार देना जो संविधान में लिखा है लेकिन जमीनी स्तर पर उसका पालन मजाक भर है बस।

एक ऐसी व्यवस्था बनाना की गरीब परिवार से आया बच्चा भी महान बन सके वैसे महान बनने के लिए यूं तो आमतौर पर गरीबी और अमीरी से कोई फर्क नहीं पड़ता लेकिन गरीबी के बोझ तले दबके कई महान बनने की काबिलियत रखने वाले लोग भी इस भ्रष्ट व्यवस्था का शिकार हो जाते हैं।

मदद करने की जो प्रथा खत्म होती जा रही है लोग इंसान कम और जानवर ज्यादा बन रहे हैं प्यार अब किताबों में रह गया है बस।

बस एक दिन देश का प्रधानमंत्री बने इस भ्रष्ट व्यवस्था को बदल कर जीवन में आराम से संन्यास लेकर पूनम के चांद से शादी करके हिमाचल प्रदेश के किसी एक कोने में अपना सामान्य जीवन बिताऊ और हमारी एक छोटी सी प्यारी बेटी हो।

और 1 दिन आराम से जीवन का अंत हो जाए उसके साथ।

हां लेकिन यह तो एक कल्पना है असल जीवन में ऐसा करना बहुत ही मुश्किल है ।

या फिर आप ऐसी काबिलियत रखते भी हो ऐसा करने की सामने वाला कब आप के विपरीत कुछ ऐसे फैसले ले ले जिससे आपकी मानसिक स्थिति भी ठीक ना हो और सपने तो छोड़िए आप अपनी सामान्य जिम्मेदारियां भी पूरी नहीं कर सकते ।

आपके पास कितना भी ज्ञान हो आप अपनी इस मानसिक स्थिति से निकल नहीं सकते बस आप सोचेंगे कि है ये समय बीत जाए किसी भी तरह उसके बाद भी आपकी मानसिक स्थिति सामान्य हो जरूरी नहीं जब तक कि उस खाली जगह को कोई भर ना दे ।

तो चलिए पढ़ते हैं एक काल्पनिक प्रधानमंत्री के अंत की पूरी दास्तां।

नीला आसमान पूनम का चांद

अगर आपके घर के सामने दुनिया का सबसे अद्भुत संगीत

नदियों के पानी की आवाज मधुर संगीत का रूप ले लेती हो ।

नीला आसमान तारों से भरा उनकी खूबसूरती को चार चांद लगाता हो वो पूनम का चांद नदी में सफेद कमल के फूल ये सभी आपको स्वर्ग का एहसास दिलाने के लिए काफी है ।

लेकिन परिस्थितियां सदैव आपके अनुकूल नहीं होती स्वर्ग जैसा गांव को मुझे छोड़कर जाना पड़ा शहर की ओर ऐसा लगा शरीर का कोई अंग अलग हो गया ।

असल में इंसानी जीवन को समझना काफी पेचीदा है लेकिन चंद पलों में भी जिया जा सकता है ।

अगर आपके साथ कोई ऐसा हो जो आपको आपके लिए प्राकृतिक खूबसूरती से बढ़कर उसकी आवाज नदी के पानी की धीमी आवाज से मधुर सफेद कमल के फूल से ज्यादा खूबसूरत पूनम के चांद जैसी दिखाई दे।

असल में जिंदगी इतनी खूबसूरत नहीं होती लेकिन कोई होता है जो आपके लिए इतना खूबसूरत हो जाता है और किसी के लिए नहीं।

दादाजी की मौत के बाद पूरा परिवार शहर की ओर पलायन कर गए

गांव से दिल्ली आने के बाद शिव विहार शिव मंदिर के पास वाली गली में रहने लगे गांव में तो हमारा खुद का खानदानी मंदिर हुआ करता था जहां पूरा परिवार साथ में पूजा पाठ किया करता था ।

पंडित होने के नाते धार्मिक ज्ञान है थोड ?

कुछ दिनों बाद पास के सरकारी स्कूल में पिताजी ने दाखिला दिलवा दिया !

असल में मेरी जिंदगी अब बेसी नहीं रहीं जैसे गांव में हुआ करती थी।

रोज बस स्कूल से आना गली के बच्चों के साथ खेलना लेकिन शाम होते ही अच्छा लगता है।

मंदिर जाना होता है वहां हनुमान चालीसा का पाठ करके पंडित जी से आशीर्वाद और प्रसाद लेकर लौट आना बस रोजाना ही यही हो रहा है।

आज कुछ अलग हुआ आज मंदिर जाते वक्त मैंने एक लड़की देखी औसतन जब मैं तीसरी या चौथी क्लास में पढ़ता होउंग अभी मुझे नहीं पता प्यार और ये मोहब्बत क्या होता है बहुत सी परिभाषाएं हैं प्यार और मोहब्बत की लेकिन मुझे नहीं पता मैं उस वक्त बहुत ही छोटा था।

लेकिन मुझे उसकी आवाज सुनना अच्छा लगता है क्योंकि उसकी आवाज मुझे नदियों की धीमी आवाज सी मधुर लगती थी वह कमल के सफेद फूल की तरह खूबसूरत लगती थी और पूनम के चांद जैसी दिखाई देती हैं।

आप कह सकते हैं मैं उससे प्यार करता हूं तो उस समय उसकी परिभाषा सिर्फ इतनी होगी बस मैं लिखना चाहूंगा कि वो एक एहसास है बस और कुछ नहीं।

वो ऐसा जो जीने का एहसास दिलाता है।

मुझे नहीं पता प्यार की सही परिभाषा हो भी सकती है या नहीं।

अक्सर मेरी ड्राइंग वाली टीचर हमेशा मुझसे नाराज रहा करती है

जबरदस्ती मुझसे प्राकृतिक दृश्य बनाने को कहती थी मै उसकी तसवीर बना देता हूं जिसमें पूनम का चांद एक कमल का फूल प्रेम और पूनम का चांद जो खुद हुआ करती थी और इत्तेफाक से उसका नाम भी पूनम का चांद है असल में आप इसे 2 चंद वाली कहानी भी कह सकते हैं आप इसे मेरी पेंटिंग और स्केच बनाने की शुरुआत कह सकते हैं।

खैर इन विषयों पर बाद में चर्चा करेंगे।

इस गली में कुछ खास नहीं लेकिन एक बात है जो इस गली को और गलियों से अलग बनाती हैं कुछ लोग छोटा - मोटा काम करते हैं जैसे कि छोटे छोटे कपड़ों के टुकड़ों को एक गोलाकार रूप में जोड़ना

काफी दिलचस्प काम है यह।

आज तक मुझे नहीं पता इनका क्या करते हैं हां लेकिन यह मजेदार है एक दो बार मैंने भी यह काम किया।

अब कुछ दिनों बाद ऐसा अहसास होने लगा कि धीरे-धीरे जिंदगी फिर से खूबसूरत होने लगी है।

अब बस रोज स्कूल से आना ₹1 के 24 कंचे खरीदना और दिन भर उसके घर के सामने खेलते रहना हां खेलना तो एक बहाना है उसे देखने से जो खुशी मिलती हैं वह खेलने में कहा

अपनी प्यारी सी आवाज में रोते रोते अपनी मम्मी से आइसक्रीम मांगने की जिद करती उस समय उसकी आंखें देखने लायक हुआ करती थीं जो खुशी उसके चेहरे और आंखों में चमक जो ₹2 की आइसक्रीम मिलने के बाद हुआ करती थी।

असल में मुझे पता है कि ये खुशियां भी ज्यादा दिन नहीं रहेगी क्योंकि बहुत जल्द हम शिव विहार से विकासनगर रहने जा रहे हैं।

दूरी थोड़ी सी भी अक्सर यादों को धुंधली करने लगती है आमतौर पर ये आम बात है लेकिन अगर वह आपके जिंदगी में अहमियत रखती हैं तो आप उसे महसूस कर सकते हैं आप उसे कहीं ना कहीं अनंत काल लंबे समय के लिए जिंदा रख सकते हैं ।

वह कुछ भी हो सकता है उदाहरण के तौर पर आप कह सकते हैं मेरी बनाई हुई उसकी तस्वीर वक्त बीतने के साथ-साथ उसका चेहरा भी भुलने लगा था हां लेकिन

मुझे उसकी आंखें हमेशा याद रही मैंने उसकी आंखों की अनगिनत तस्वीरें बनाई जिसको एक श्रेणीवध नाम दिया उदाहरण के तौर पर 2 एम इस का सामान्य से मतलब है दो चांद

जैसे जैसे मैं चित्र बनाता रहता वैसे वैसे इनकी संख्या पद्धति के अनुसार नाम देता रहता उदाहरण के तौर पर 2 एम 6 ।

दिन बितते रहे मैंने बहुत सारी तस्वीर बना ली जब मैं उससे आखिरी बार मिला तो मैंने लगभग दो हजार से ज्यादा तस्वीरें बना ली थी उसकी।

हम आधुनिक युग का आधुनिक स्कूल मैं पढ़ा करते थे आधुनिकरण से युक्त सरकारी स्कूलों में पढ़ने का अलग ही अनुभव था स्कूल आना और ना आना एक समान था स्कूल में पढ़ने के साथ-साथ कॉलेज व्यवस्था का पूरा आनंद मिलता था शिव विहार नहीं प्रेम पूर्वक हम इस स्कूल को शिव विहार यूनिवर्सिटी नाम दिए रहे

उन्हीं दिनों दर्शनों की अभिलाषा में वैज्ञानिक आविष्कार हुए जिसके अंतर्गत स्कूल से इस आशा में ही भागने के पश्चात चांद की खोज में साइकिल पर निकला करते थे ।

उनकी गलियों मे स्कूल से भागकर पूरे दिन भर पंचायत की सभा का नेतृत्व करना

मित्र मंडली का नेतृत्व करना उन दिनों बड़ा ही दिलचस्प काम था प्रथम चरण साइकिल पर चांद की खोज हुआ करती थी उसके उपरांत मित्र मंडली के सदस्य की समस्या का समाधान किया जाता था

जैसे हमें किसी से अपना पुराना हिसाब-किताब चुकता करना यह सब शामिल हुआ करता था इन कार्यक्रमों में वक्त बदलता रहा है सादर वाली ट्रेन यूं ही चलती रही स्कूल से उसकी गली तक।

पुनः प्रयास चांद को ढूंढने का

जैसा कि पिछली बार प्रयत्न के कारण चांद के दर्शन तो प्राप्त नहीं हुए लेकिन उपलब्धि स्वरूप

1

महीने की छुट्टी प्राप्त हुई।

अब चांद को ढूंढने के लिए कुछ चांद बना ही पड़ेंगे जो दो चांद के सिद्धांत के अंतर्गत आता हो अब आप सोच रहे होंगे यह दो चांद का सिद्धांत क्या है तो आपको बता दूं कि यह काफी विस्तृत सिद्धांत है लेकिन बहुत जल्द एक मैं आपको इसकी संपूर्ण व्याख्या बताऊंगा।

खैर इन बातों को छोड़िए और चलिए कुछ चांद बनाया जाए ताकि अपने चांद से मिला जाए इस तरह की बातें काफी पेचीदा और अजीब लग रही होंगी आप को पढ़ते समय चलिए आपको सरल भाषा में बताता हूं।

अब उसका घर भी काफी दूर लगने लगा है और साइकिल पर कब तक चांद को ढूंढा करें लेकिन मैं रहता उसके हमेशा आस-पास ही हूं उसकी सुरक्षा के लिए तकनीक की सहायता से आप आधुनिकरण ने वर्तमान समय में काफी विकास कर लिया है जिससे आप किसी के भी आसपास रह सकते बस आपको सही ज्ञान होना चाहिए और ज्ञान प्राप्त करना ही अपने जीवन का एकमात्र उद्देश्य बनाइए जिसमें आप सफल रहे गे ।

औसतन जब मैं दसवीं क्लास में था तब मैंने अपने दो शिक्षण संस्थान खोले अब आप सोच रहे होंगे इसकी क्या जरूरत है तो चलिए आपको बता दूं उसका नाम तो

आप इसकी जरूरत भी समझ जाएंगे अंग्रेजी में था इसका नाम अब हिंदी उतने प्रभावी भाषाओं में नहीं रह गया भारत में असरदार कह सकते हो आप कारगर कह सकते हो तकनीकी भाषा कह सकते हो लेकिन पर भी प्रभावी भाषा नहीं कह सकते क्योंकि भारत में ऐसे लोग रहते हैं जो चीज उन्हें नहीं आती उन्हीं चीजों का वह बस आदर करते हैं असल में जो चीज आपको समझ ही नहीं आ रही है उसका आदर कैसे कर सकते हैं लेकिन आप उससे प्रभावित जरूर होते हैं।

हां तो मैंने अपने इंस्टिट्यूशन का नाम रखा मूनलाइट ग्रुप ऑफ़ इंस्टिट्यूशन अब आप मून शब्द से समझ रहे होंगे यह चांद से संबंधित है शुरुआती दौर में एक ब्रांच विकास नगर में और बाद में एक ब्रांच मैंने शिव विहार में भी खोला था जो कि दोनों ही विफल रहे।

अब आपके मन में यह सवाल उठ रहा होगा और चांद से मिलने का क्या लेना देना है तो आपको बता दूं मैं कि दसवीं पास करने के बाद शिव विहार स्कूल में 11th और 12th की शिक्षाएं नहीं दी जाती थी

तो मुझे 11वीं और 12वीं की पढ़ाई के लिए विकासपुरी के जी ब्लॉक स्कूल जाना पड़ा था वह काफी दूर है

था चार दोस्त थे एक साइकिल पर चार बैठा करते थे और पहुंच जाते थे खैरी माता विषय पर बाद में बात करेंगे।

असल में मूनलाइट ग्रुप ऑफ़ इंस्टिट्यूशन खोलने का जो मुख्य उद्देश्य था वह था किसी भी तरह से चांद से मिलना जिसमें मैं काफी सफल रहा सफल रहा भविष्य देख सकते हो और तो बना भी सकते हो तो आपके लिए कोई भी चीज बड़ी नहीं है।

सोचिए जब मेरे दो इंस्टिट्यूट है पढ़ने के लिए पढ़ाने के लिए तो मुझे और कहीं पढ़ने जाने की क्या जरूरत है किसी दूसरे के इंस्टिट्यूट में हां लेकिन यहीं से उससे मिलने के रास्ते का निर्माण होता है मेरी पूरी प्लानिंग है आप कह सकते हैं।

में कॉमर्स का विद्यार्थी विदाउट मैथ्स इकोनॉमिक्स पढ़ने के लिए मुझे दूसरे के इंस्टिट्यूट में जाना था मुझे पता था सब कुछ आगे क्या होने वाला है क्योंकि वो लड़की जिसके इंस्टिट्यूट में पढ़ती थी उसके सर्व संचालक वहां इकोनॉमिक्स पढ़ाया करते थे अर्थात अर्थशास्त्र अर्थशास्त्र में भारत के सारे आर्थिक समस्याओं का समाधान है लेकिन इससे हमें क्या लेना देना हम पहले अपनी समस्याओं का समाधान करें।

तो वो दिन काफी सौभाग्य पूर्ण रहा और जिस इंस्टिट्यूट में अर्थशास्त्र के अध्यापक जी पढ़ाने आया करते थे वो इंस्टिट्यूट बंद था उस दिन क्या आप हमें पढ़ा सकते हैं गुरु जी मान गए गुरुजी आए फिर मूनलाइट पर

गुरु जी के व्यक्तित्व और विचारधाराओं का अगर वर्गीकरण करे तो गुरुजी के बारे में कुछ कहना इस किताब में गलत ही रहेगा बस आमतौर पर मैं गुरु जी की विचारधाराओं को दो समितियों में बांटता हूं एक शादी से पूर्व और एक शादी के पश्चात खैर जो भी हो गुरु जी सम्माननीय है।

तो आप गुरुजी मेरा इंस्टिट्यूट में पढ़ाने आया करते थे गुरुजी से बेहतर ज्ञान प्राप्त हुआ लेकिन आप स्वयं ज्ञान की गंगा से निकले हो तो एक घमंड की भावना उत्पन्न होती है जिससे आपको लगता है कि आप ही सही हो लेकिन यह बिल्कुल ही गलत है तो सही क्या है कभी भी आप सही और गलत के चक्रव्यूह में ना फंसे यह पूर्ण व्यवस्था है मुझे नहीं लगता है आपको यह बातें समझ आई होंगी लेकिन बहुत जल्द आएंगे।

ऐसे ही हफ्ते में 3 दिन गुरुजी अर्थशास्त्र पढ़ाया करते थे उसके पश्चात रविवार का एक खूबसूरत दिन आया जिंदगी में वह काफी खूबसूरत दिन था हां लेकिन आप कह सकते हो उसको खुबसूरती दिन को मैंने ही बनाया था जैसे कि मैंने कोई स्केच बनाया या चित्र बनाया हो लेकिन बनाया तो था।

रविवार का दिन काफी खुशनुमा दिन होता है हर किसी के लिए छुट्टी का दिन होता है सबको आजादी मिलती है काम से जिम्मेदारियों से किसी को चांद भी मिलता है इस दिन रविवार का दिन।

जिंदगी में आगे बढ़ने के लिए चीजों को बुलाना बहुत जरूरी है लेकिन वो रविवार का दिन भुलाना थोड़ा मुश्किल है अतिरिक्त पढ़ाई के लिए अतिरिक्त कक्षा बिल्कुल अजीब समय था था तो सही।

किताब खोली गई ज्ञान प्राप्त करने के लिए अस्पष्टता का भय अनिश्चितता की कामना करना ऐसे समय बिल्कुल ठीक नहीं तो चलिए शुरू करते हैं कहानी की शुरुआत यहीं से होती है ऐसा अब आप मान सकते हैं।

माहौल बिल्कुल शोर-शराबा पूर्ण लेकिन आप आंतरिक शांति का अहसास कर सकते हैं बिल्कुल अजीब वातावरण में कोई परिवर्तन आया हो जिसे समझना आसान नहीं था।

आमतौर पर मैं उसे रोज देख सकता था लेकिन आज ऐसा लगा जैसे सालों बाद हकीकत में वो मेरे सामने हां बिल्कुल आज वो मेरे बिल्कुल साथ बैठी थी है मैं किसी तस्वीर की बात नहीं कर रहा जिसे मैंने बनाया वो बिल्कुल हकीकत में मेरे साथ बैठी थी उसने एक किताब खोली जिसमें वो कुछ गलत लिख रही थी मैं उसे बता बताया की सही क्या है वो बस एक सवाल था अर्थशास्त्र का।

मुझे उसका नाम पता था लेकिन आज उसने पहली बार अपना नाम मुझे बताया था पूनम का चांद लिखने और बोलने में अच्छा लगता है बिल्कुल एक सुनहरे कल्पना की तरह रोज जिसे पढ़ा जा सके बनाया जा सके विचारधारा से नई जिंदगी का जन्म होता है कमाल है अंत भी उसी से होता है।

पहली बार बहुत सालों या सालों बाद बिल्कुल मेरे साथ बैठी थी जैसे वक्त रुक कर मेरे साथ बैठा हो और जैसे कि वक्त को भी ज्यादा समय तक रोकना मुश्किल था उस वक्त को भी रोकना नामुमकिन था बीत गया बहुत ही जल्द।

हां बस अब इतना तो था कि वह मुझे जानती थी मैं उसे जानता था कितना जानते थे ये नहीं पता समय जरूर इसका आभास करा देगा लेकिन चलिए देखते हैं क्या होता है जीवन है अनंत कब और कितना परिवर्तन आ जाइए आप कह नहीं सकते अपना अपना अनुभव है आप साझा करते रहिए एक दूसरे के साथ लोग बदलते रहेंगे।

चांद की खोज

च लिए तो चांद की खोज की शुरुआत स्कूल के दिनों से करते हैं अगर चंद हफ्ते भी किसी चीज को खोए हो जाए तो उसे ढूंढना काफी मुश्किल होता है अगर वह कोई चीज हो तो आप सोच सकते हैं किसी इंसान को ढूंढना कितना मुश्किल होगा।

जब मैं 6 क्लास में आया तो शिव बिहार यूनिवर्सिटी जैसे स्कूल में पढ़ने का सौभाग्य प्राप्त हुआ अब आपको लग रहा होगा मैं शिव बिहार स्कूल को जो कि मैं अभी 6 th क्लास मे आया हूं अभी ऐसे मे यूनिवर्सिटी तो बोल रहा हूं इसके पीछे भी एक मजेदार कहानियां देखेंगे मुख्य तौर पर स्कूल को शिव विहार यूनिवर्सिटी नाम मैंने ही दिया यह जानकर आपको हैरानी नहीं होनी चाहिए आमतौर पर इसको यूनिवर्सिटी नाम देने का जो कारण है आप यहां से जब मर्जी चाहे अपने घर जा सकते हैं !

जब मर्जी आ सकते हैं बस इस स्कूल और यूनिवर्सिटी में एक ही फर्क है अगर आपको परिभाषा समझने में ज्यादा दिलचस्पी है तो मैं परिभाषा के तौर पर भी आपको समझा दु यूनिवर्सिटी में आप दरवाजे से जब चाहे आ जा सकते हैं लेकिन सिर्फ शिव बिहार यूनिवर्सिटी में स्कूल के नाम और गरिमा बनाए रखने के लिए आपको दीवार फांद कर या फिर मेन गेट से अपने अनुसार खुलवाना पड़ेगा और आप अपने समूह या पूरी क्लास या पूरे स्कूल के साथ जब चाहे घर जा सकते।

तो उस समय तक पढ़ाई में कुछ खास दिलचस्पी थी नहीं बस चांद की खोज में निकल जाया करते थे अपनी साइकिल पर।

चांद की खोज का एक महत्वपूर्ण भाग सुनाता हूं आपको उस समय आठवीं कक्षा में पढ़ता था !

तो सूत्रों के हवाले से खबर मिला कि हमारा चांद भी हमारे स्कूल में पढ़ता है बस फर्क इतना सा रह गया कि हम दोपहर के समय पढ़ते थे और चांद सुबह निकलता था।

और चित्रकारी तो हमें बचपन से ही आती थी तो गौरतलब है कि उनसे संपर्क करने के कुछ तरीके सोचे जाए जो कि काफी जोखिम पूर्ण भी हो सकता था और वह भी कुछ ऐसा ही एक दिन स्कूल से छुट्टी के वक्त जब क्लास खाली हो चुकी थी तो स्कूल से जाने से पहले ब्लैक बोर्ड पर चौक पड़ा था सफेद रंग का जैसा कि चांद पूर्णिमा के दिन बिल्कुल सफेद चमकदार होता है और काला अंधेरा छाया होता है अगल-बगल जैसे कि ब्लैक बोर्ड पर चौक उठाया हाथों में लिया पूछा क्या इसका ले पर्दे पर चांद की तस्वीर बनाई जा सकती है

सफेद चौक उठाते ही उसकी सफेदी हाथों में लग गई और हाथ घुमाया चांद की आंखें बनाई काले बोर्ड पर सफेद चौकों से सफेद बाल लहराए मानो जैसे चांद पर बैठी जवान बुढ़िया हो।

तस्वीर बनाकर छोड़ दी इस उम्मीद में क्या पता देख ले और पहचान ले कोई जवाब तो आए सही लिखने से अच्छा है कुछ बना कर छोड़ दिया जाए कोई पहचाने तो सही।

कुछ दिन बीतने के बाद डेक्स के नीचे एक कागज के टुकड़े पर कुछ लिखा मिला उसमें लिखा था किसी लड़की ने असल में मुझे नहीं पता ये वही है या कोई और उसने लिखा था आपने मेरी तस्वीर बहुत खूबसूरत बनाई है

क्या मैं आपसे एक बार मिल सकती हूं।

यह बिल्कुल ऐसा ही था जैसे कि कुंवा खुद प्यासे से पूछ रहा हूं क्या तुम्हें प्यास लगी है तो आपको पता ही है प्यासा क्या बोलेगा उत्तर में भी एक जवाब दिया गया बिल्कुल आपसे मिलने की बहुत अभिलाषा रही हमारी भी जरूर मिलेंगे।

लेकिन सवाल यह था क्या हां यह वही लड़की है अगर नहीं है तो क्या उत्तर दिया जाएगा और अगर है तो क्या कहा जाएगा सवालों का एक बवंडर सा बनता जा रहा था अभी निकले इसमें फंसे यह आपके ऊपर निर्भर करता है क्या आप यकीन रखते हैं यह वही लड़की है जिसे देखकर प्राकृतिक सुंदरता का एहसास होता है तो चलिए मिलने पर पता चलेगा।

उस बीच स्कूल में दो-तीन दिन की छुट्टी थी मैं उससे मिलने गया था उसने अपना चेहरा ढक रखा था लेकिन मुझे उसका चेहरा याद नहीं उसकी आंखें देखते ही पहचान गया था यह वह नहीं है बोलने को कुछ नहीं था बस आज थोड़ी दूर चले और मोड़ आया वो अपने रास्ते मैं अपने रास्ते।

लेकिन कहानी यहां पर खत्म नहीं हुई फिर अगला दिन फिर से एक बार चांद को खोजने की कोशिश में एक और तस्वीर बनाई गई लेकिन भाग्य हमेशा साथ नहीं देता।

इस बार कहानी में थोड़ा परिवर्तन आया एक और बार प्रयत्न किया गया तस्वीर बनाई लेकिन पीठ पीछे किसी और ने वहीं पर एक अश्लील तस्वीर बना दी उसके पश्चात होना क्या था गर्ल्स स्कूल की मैडम दोपहर में दर्शन देने को पधारी यह कुछ ऐसा ही था जैसे दिन में चांद निकला अद्भुत।

मैडम गुस्से में दोपहर के स्कूल में पधारी मास्टर जी के चेहरे खिले हुए थे जैसे मानो सूखे बाग में आई हो तितली लाल और गुस्से में थी।

बस उसके बाद क्या था मैडम द्वारा आदेश दिया गया कलाकार व्यक्ति को उपस्थित किया जाए ताकि उसकी कला का उसे उचित पारितोषिक दिया जाए पारितोषिक शब्द से समझ रहे होंगे कि अब कोई ना कोई सजा मिलने वाली है।

मैडम क्लास में आई और मैडम ने पूछा कि कौन व्यक्ति है यह कलाकार सब ने मेरी तरफ उंगली ऐसे कि जैसे मानो भविष्य का में प्रधानमंत्री बनने वाला हूं और सभी मुझे अपना उम्मीदवार चुन रहे हो।

मैडम ने पूछा तुम लड़कियों की तस्वीर क्यों बनाते हो मैंने कहा मैंने तो किसी लड़की को देखा भी नहीं है ये सब काल्पनिक है अगर किसी लड़की का चेहरा मिलता है तो इसमें मेरी कोई गलती नहीं।

और मैडम मेरा तो यही कहना है कि ये सब पूर्ण रुप से काल्पनिक है और कल्पना झूठ नहीं होती

वाद विवाद के पश्चात मैडम ने और सर ने सजा के तौर पर एक महीने का सस्पेंशन दिया हम जैसे विद्यार्थियों के शब्द में कहा जाए तो 1 महीने की छुट्टी मिली अर्थात इस छुट्टी के लिए माननीय गुरु जी का आभार व्यक्त करना जरूरी था और चांद की खोज एक बार फिर विफल रही।

तपस्या

अब आप सोच रहे होंगे तपस्या से क्या मतलब है जिंदगी में किसी एक पल को हमेशा के लिए यादगार बनाने के लिए एक लंबी तपस्या करनी पड़ती आप समझेंगे इस बात को छोटी सी बात हो सकती है चंद पलों में जो आपको पूरी जिंदगी याद रहे वह चांदमल बिताई जिनके लिए आपने सालों की तपस्या की।

मेरा स्कूल जी ब्लॉक पीवीआर सिनेमा के पास था अब आप समझ रहे होंगे पीवीआर सिनेमा आमतौर सरकारी स्कूल से बच्चे आसानी से ही भाग जाया करते हैं मैं नहीं कहता कि मैं बिल्कुल भी शरीफ या फिर बहुत ही सुदृढ़ संगत वाले बच्चों के साथ पढ़ा करता था।

मेरे दोस्त चंचल मन के हुआ करते थे स्कूल से भाग जाना और बगल में ही सिनेमाघर हुआ करता था तो मूवी इंजॉय करना हम बात सी हो गई लेकिन यहीं से आप कह सकते हो तपस्या की शुरुआत होती है जब आपके सारे दोस्त मूवी इंजॉय कर रहे हो और आप उस सिनेमा के बाहर अकेले बैठे हो एक बदरंग सी सफेद कागजों की खाली किताब के साथ।

हां मैंने कभी भी मूवी नहीं देखी सालों मूवी नहीं देखी बिल्कुल कोई भी मूवी नहीं रही इसकी सिर्फ एक ही वजह मैं अपने जिंदगी की पहली मूवी अपने पूनम के चांद के साथ देखना चाहता था कल मैं आपको अगर मैं फिर फिल्मी डायलॉग के हिसाब से कहूं तो अगर आप किसी चीज को शिद्दत से चाहो तो पूरी कायनात उसे मिलाने में लग जाती है ऐसा ही हुआ बिल्कुल हां मैंने अपनी जिंदगी की पहली मूवी पूनम के चांद के साथ ही देखी थी।

मैंने पहली मूवी देखी थी 13 अक्टूबर 2018 को जिसका नाम था द लेजेंड ऑफ तुमबाड सालों बाद आज मैंने पहली मूवी देखी बस मैंने उससे पूछा क्या तुम मेरे साथ एक मूवी देखने चलोगी वह भी एक छलावा के तहत था इसको समझना काफी मजेदार है असल में वह मूवी देखने तो आ रही थी लेकिन उसे लग रहा था लेकिन किसी के भी तहत तो आ रही हो बस आई तो थी बस इतना बहुत है।

उस दिन मैं सुबह जल्दी उठा अपने दोस्तों को सूचना दी कि आज मूवी देखने चलना है दोस्त सारे तैयार हो गए हम वहां पहुंचे फेसबुक के माध्यम से मैंने उसे बताया जब तक वह 18 सा ल की नहीं हुई थी और वह मूवी देखने के लिए 18 प्लस होना जरूरी था लेकिन जैसे तैसे चलो मैनेजमेंट हो गया।

ट्यूशन फंक्शन के बाद आज बहुत दिनों के बाद वह सामने से चलकर आ रही थी लगभग वह मुझ से 40 कदम दूर होगी यह बिल्कुल ऐसा ही है जैसे कि रात को चांद पृथ्वी के करीब आता है तो समुंदर की लहरें तेज हो जाती है यह बिल्कुल ऐसा ही था असल में जैसे जैसे कदमों की दूरी कम होती जा रही थी वैसे वैसे दिल की धड़कनें तेज होती जा रही थी।

वो अपनी एक सहेली के साथ आई थी जिसे मेरे दोस्त ब्लैक विंडो कहते थे अगर आप मार्बल की मूवी देखने का शौकीन है तो आपको ब्लैक विंडो शब्द से अच्छा खासा अनुमान लग गया होगा कि हम बात कर रहे हैं ब्लैक विंडो की।

तो चलिए अब तपस्या का वरदान लेने का समय आ गया है जब मैं उसके साथ पहली बार मूवी देखुगा अपनी जिंदगी मे मेरे दोस्तों ने टिकट लिया और हम अंदर गए वो मेरे साथ में बैठी थी हां मुझे वो पल याद आता है जो मैं आपको बताना चाहूंगा अगर आपने भी यह मूवी देखी होगी बरसात के सीन बहुत है ये सिनेमा में आजकल नई तकनीक के तहत बरसात की आवाज ऐसे सुनाई देती है जैसे आप बारिश में भीग रहे हो ठीक है यह एंजॉयमेंट के लिए अच्छा है लेकिन असल में जितने समय वो मेरे बगल में बैठी थी वह पहली बार था तो आप कह सकते हैं कि दिल की

धड़कनों की स्पीड सामान्य गति से ज्यादा ही रही होगी इतनी साउंड में मुझे अपनी दिल की धड़कन सुनाई दे रही थी।

हां वहां पर हमने इंटरवल में एक फोटो खिंचवाई एक फोटो खींची गई उसके साथ अगर आप वो फोटो वैसे तो आपको इस किताब में नहीं दिखा सकता अगर उस तस्वीर के बारे में कुछ बताओ मैं आपको तो कुछ इस प्रकार की थी जैसे लग रहा था कि मैं उसकी परछाई हूं और वो मुझ में से निकल रही है एक रोशनी के तरह लेकिन हां यह सिर्फ आपकी एक कल्पना हो सकती है और काल्पनिक बातें असल जीवन में मेल नहीं खाती बस आप को उसे अपना लेना होता है अगर वह आपको खुशी देती है वरना आप उसे भुलिए और जीवन में आगे बढ़ो आप बस मेरी इस कहानी को किसी पैमाने से मत तोलिएगा।

मुझे नहीं पता उसने मेरी आंखों में एक बार भी देखा या नहीं लेकिन मुझ में इतनी हिम्मत नहीं कि मैं उसकी आंखों में देख सकूं सच्चाई की चमक से ज्यादा चमकीली थी उसकी आंखें आप सिर्फ इसे मेरा नजरिया कह सकते लेकिन बाद में नजरिया तो मीठे झूठ की तरह चमकता हैजैसे जैसे सामने वाले के बारे में आप सच्चाई जानने लगेंगे आपको सच्चाई तकलीफ देना शुरु कर देगी लेकिन जो पहले आपकी कल्पना के आधार पर जो खुशियां आपको मिलती है उन्हें वैसे ही रहने दीजिए इन्हें यादें बनाने की बिल्कुल जरूरत नहीं है वरना आपको आजीवन तकलीफ देंगी मूवी खत्म हुई खुशियों का लम्हा खत्म हुआ अब वहां से जाने की बारी आई मोहतरमा ने अपना एक अलग ही प्लान बना रखा था अपनी सहेली और मित्रों के समूह के साथ छतरपुर मंदिर जाने का मंदिर अगर आप देखें तो मंदिर जाना काफी पसंद होता है उन लोगों को।

उस समूह में मेरा भी एक ट्यूशन का मित्र था मंदिर जाने का कोई खास मन था नहीं लेकिन उन्होंने कहा चलो चलो तो ठीक है चलो फिर एक नई यात्रा पर कुछ लिखने को तो बड़े यही सही तो चलिए फिर छतरपुर की यात्रा पर चलते हैं।

2 Moon दो चांद

तो चलिए अब दो चांद वाली मूल कहानी की शुरुआत करते हैं तो आपको अब शुरुआती दिनों के बारे में बहुत बता दिया।

दसवीं पास करने के बाद जी ब्लॉक में 2 साल बारहवीं पास करने के लिए कठिन संघर्ष करने के बाद आखिरकार रिजल्ट आने का महीना आ ही गया था वो दो 2018 में पास हो गया था इससे क्या ही फर्क पड़ता है

वो रिजल्ट जो सिर्फ आपकी रट्टा मारने की क्षमता को दर्शाता हो जितना आप याद रख सकते हैं क्या याद रखना किसी की काबिलियत हो सकती है एक हद तक याद रखना काबिलियत हो सकती है लेकिन आविष्कार नहीं सुनने में पेचीदा है यहां लेकिन भारत की पूरी शिक्षा व्यवस्था रट्टा मारने गवार राजनेता अपनी 5 साल की कुर्सी बचाने के लिए करोड़ों बच्चों का जीवन बर्बाद कर देते हैं

बच्चों के भविष्य से होना घंटा कोई फर्क नहीं पड़ता वह सोचते भी नहीं होंगे इस बारे में इस व्यवस्था को बदलने की जरूरत के बारे में।

चलिए छोड़िए शिक्षा व्यवस्था पर कभी और बात करेंगे।

पहले तो मैं सोच रहा था कि आपको अपने प्रधानमंत्री के नामकरण के बारे में बता दूं कि किस प्रकार क्या व्यवस्था रही स्कूल में जिससे मेरा प्रधानमंत्री नामकरण किया गया लेकिन प्रेम कहानी है तो इस विषय में हम ना ही चर्चा करें तो ज्यादा बेहतर रहेगा।

फेसबुक अर्थात चेहरे वाली किताब का नाम बड़ा ही सुंदर है और काम भी इसका यही है अगर आप इस व्यवस्था से जोड़ते हैं तो आपके चेहरे की ये किताब तो बना

ही देता अब आप चाहे ना चाहे लेकिन आप की बहुत सारी चेहरे से संबंधित जानकारी इस व्यवस्था पर उपलब्ध हो जाती है बस आपको इस व्यवस्था के प्रोग्राम की सही जानकारी होनी चाहिए ज्यादा ज्ञान आपको दूंगा नहीं इस विषय में क्योंकि आधुनिक सभ्यता है और इन्हीं आर्टिफिशियल इंटेलिजेंस पर आधारित है तो जब तक मेरी किताब छप रही होगी इन सभी बातों से ज्यादा ज्ञानी हो चुके होंगे।

अच्छा तो कहानी शुरू करते हैं फेसबुक के बारे में कहा जाता है कि फेसबुक दुनिया को जोड़ता है उसने एक व्यवस्था तो बना दी थी उससे बात करने के लिए और यही इस व्यवस्था का काम है।

26 मई 2018 4:00 बज के 16 मिनट पर उसका पहला मैसेज आया था।जैसे भगवान ने 100 सालों बरसो की दुआओं का फल एक साथ दे दिया हो उसे समेटे उससे बात करने की एक व्यवस्था कितने दिन चलेगी ये कहना मुश्किल है क्योंकि भविष्य से ज्ञान लेकर अगर इस कहानी के वर्तमान स्थिति आपको मैं बताऊं तो लोग काफी स्वार्थी हैं वो बस अपने बारे में सोचते हैं किसी की भावनाओं से उन्हें कोई खास फर्क नहीं पड़ता भावनाएं होती ही क्या है ये आप बताइए

U can se tuition fd तो यह उसका पहला मैसेज था आप इसे हिंदी में अनुवाद करने का बिल्कुल प्रयत्न ना करें यह विचित्र प्रकार की भाषा है हिंदी और इंग्लिश के विलय से इसका निर्माण होता है आमतौर पर इस भाषा का निर्माण विद्यार्थी जब करते हैं या तो उन्हें अधिक ज्ञान हो या अल्प ज्ञान हो।

इतनी भयानक अंग्रेजी को समझना थोड़ा मुश्किल था तो मैंने पूछ लिया मतलब उसने बताया कि मैं आपके साथ ट्यूशन में पढ़ती थी अर्थात संस्थान से संबंधित मित्र।

अच्छा मुझे तो पता है ये वही है लेकिन आज अस्पष्टता का भय लोगों को इस तरह के चेहरा किताब वाली व्यवस्था पर अपना चेहरा छुपाने का विकल्प देता है लोगों को मजा आता है व्यक्तिगत प्राइवेसी का भी सवाल है भारत जैसे देश में पूर्ण

स्वतंत्रता है अधिक ज्ञान हो जाएगा इस विषय पर तो चलिए छोड़िए और वार्तालाप मूल विषय पर केंद्रित करते हैं।

मैंने उससे कहा क्या आप अपनी एक फोटो भेज सकती हो अगर आपको कोई आपत्ति ना हो तो मैंने आपको पहचाना नहीं अजीब सी बात थी हंसने का मन कर रहा होगा असली जी कोई आपत्ति नहीं फ्री सेवा।

उसने अपनी एक फोटो भेजिए सामूहिक फोटो उसके नीचे लिखा था पहचाना मैं वो लाल टॉप वाली मैंने कहा हां पहचान लिया मैडम आप को।

उसकी ट - शर्ट पर को को लिखा था। coco

हां ये एक एनीमेटेड कार्टून मूवी का नाम है आपको जरूर देखनी चाहिए कमाल की स्टोरी है इस तरह की स्टोरी और एनीमेटेड मूवी में आपको मिल जाए तो मजा ही अलग है।

फिर उसने वही आम तौर पर सामान्य से सवाल पूछा और कैसा रहा आपका रिजल्ट बस तो अब आप अपना रिजल्ट दिखाइए और उनका रिजल्ट देखिए नंबर मुझे बहुत पसंद है लेकिन रिजल्ट के नंबर उसे मेरी राशि बनती नहीं बढ़ई मनहूस नंबर लगते हैं मुझे यह रिजल्ट का नंबर हर स्कूल में पढ़ने वाले बच्चों को लगते हैं सिवाय उन 4 बच्चों के जो टॉप करते हैं जूतियां होते हैं साल भर घसीटते जिंदगी और अपनी प्रतिभा को सबसे ऊपर लाने के लिए वह भी जिसमें बस नंबर उससे होता क्‍या है 3 साल और अतिरिक्त मिल जाते हैं किसी कॉलेज में 3 साल और बर्बाद करने के लिए।

बाकी इस फेसबुक की दुनिया में बताने के लिए कुछ है नहीं अगर मैं आपको ज्यादा बातें बताऊं तो आपको लगेगा कि मैं आपको बोर कर रहा हूं आपका समय व्यर्थ कर रहा हूं तो चलिए मुख्य विषय पर बात करते हैं।

10 सितंबर 2018 को उसके साथ गलती से खींची हुई मेरी पहली फोटो थी अगर आप उस फोटो को देखेंगे तो आपको ऐसा लगेगा उसका हाथ मेरे हाथ में लेकिन जैसे कि वह फोटो भी जलावा है छलावा वैसे ही हकीकत भी एक छलावा ही है आगे आपको पता लगे लगेगा।

अगर उसके बारे में आपको कुछ बताऊं तो बस इतना समझ लो बड़ा ही मीठा झूठ बोलती है बहुत ही मीठा शहद से भी मीठा।

छतरपुरमंदिर

आप सोच रहे होंगे इस यात्रा के बारे में बताने की जरूरत है क्या और इस यात्रा में इतना खास है क्या है आप सही सोच रहे हैं इसमें कुछ खास तो नहीं है लेकिन महत्वपूर्ण बातें हैं कुछ समझने लायक है।

आमतौर पर गैर धार्मिक होना तो कोई बुरा व्यक्तित्व नहीं है लेकिन अगर आपको धार्मिक ज्ञान भी हो और आप तब भी गैर धार्मिक हो तो यह दर्शाता है कि आप को पूर्ण रूप से धार्मिक ज्ञान है पूर्ण रूप से कहना मुश्किल है क्योंकि ऐसा कोई नहीं जिसको पूर्ण धार्मिक ज्ञान हो भगवान को छोड़कर।

इस यात्रा के बारे में बताने के पीछे मेरा मुख्य उद्देश्य यही है कि जब आप एक सामान्य व्यक्ति के रूप में मंदिर जाते है तो किस तरह की विचारधारा के साथ जाते है असल में विपरीत विचारधारा के लोग होते हैं जो सामान्य तौर पर मंदिर जाते हैं लेकिन देखने योग्य बात यह रही इस यात्रा में कि आप जब किसी से बहुत ज्यादा प्यार करते हैं या वो आपकी जिंदगी में वह बहुत ज्यादा महत्व रखता है उसे पता हो या ना पता हो तब मंदिर जाए तो इस तरह की मानसिकता भर आती है कि मानो आप गुलाम हो चुके हो या भिखारी हो चुके हो बस हाथो मे कटोरा बाहें फैलाए जो भी बदले में देना हो सब कुछ देकर चाहे भीख में मिले उसे मांग लेना चाहते हो बदले में चाहे आपको अपनी आजादी ही क्यों न देनी पड़े।

समूह का एकत्रीकरण किया गया एक बैटरी द्वारा संचालित रिक्शा पकड़ी और मेट्रो सिटी में रहने के कारण मेट्रो में यात्रा करना तो अनिवार्य ही है मेट्रो पकड़ी और सीधा छतरपुर मंदिर पहुंचे।

जब आप मंदिर पहुंचते हो तो कई तरह के विचार धाराओं के साथ पहुंचते हो या तो आप मंदिर एक टूरिज्म टूरिस्ट की तरह आए हो या आप की धार्मिक भावनाएं या आने के बाद धार्मिक भावनाएं हो गई हो इनसे कोई फर्क नहीं पड़ता कमाल की बात है कि जिसके साथ आप अपना भविष्य देखते हो वर्तमान में उसे एक पत्थर की मूर्ति से मांगने की मानसिकता उत्पन्न हो जाती है जीतने की नहीं और यह ऐसी एक विचारधारा है अभी जहां पर आपको बस मांगना है आप कुछ भी जीत नहीं सकते या तो आप उससे उसे मांगिए या भगवान से उसे मांगो हर बार आपको मांगना ही पड़ेगा।

सरल शब्दों में कहूं तो प्यार को हमेशा भीख मे मांगा जाता आप खुश नसीब है कोई आपको आपका हक समझकर यह देता है तो समझिए यह एक प्रकार की सौदेबाजी है यह कहना गलत है और नहीं भी आप जानिए।

असल में मुझे एक धार्मिक कहानी याद आती है शायद से आपने सुनी भी हो या ना सुनी हो फिर भी चलो मैं आपको सुना देता हूं कि एक बार होता है एक गरीब व्यक्ति और एक अमीर दोनों भगवान के मंदिर में आते हैं एक के पास बहुत सारे फूल होते हैं एक के पास वो गरीब होता है तो सामान्य सी बात है वह बड़ी मुश्किल से एक फूल लेकर आता है तो भगवान साक्षात प्रकट होते हैं तो अमीर आदमी कहता है ईश्वर मैंने आपको बहुत सारे फूल चढ़ाए हैं तो आप मेरी मनोकामना पूरी कर दे भगवान कहते हैं ठीक है गरीब आदमी सोचता है उसके पास एक ही फूल होता है लेकिन उस फूल में बहुत सारी पंखुड़ियां होती है वह उन्हें तोड़ता है और अनगिनत पंखुड़ियां या बहुत सारी पंखुड़ियां फूल के मुकाबले बहुत ज्यादा भगवान को चढ़ाता है और कहता है ईश्वर मेरे भगवान इसने आपको बहुत सारे फूल चढ़ाएं लेकिन मैं आपको बहुत सी फूल की पंखुड़ियां चढ़ा रहा हूं।

भगवान यह देखकर प्रसन्न होते हैं और उस गरीब की भी सुनते हैं यह सिर्फ कहानी में ही सुना जाता आम जिंदगी में भगवान गरीबों की नहीं सुनते हैं।

मैंने भी एक गेंदे के फूल को ऐसे ही अनेक पंखुड़ियों में खोलकर भगवान को चढ़ाया था उसने पूछा था ऐसा क्यों कर रहे हो शायद से मैंने उसे बताया था या नहीं क्या तुम्हें बताया था मैंने ?

भगवान बस सच्चाई के रास्ते तय करते रहेंगे नहीं रास्ते बताते रहेंगे नहीं विचारधारा नए-नए लोगों के जरिए आती रहेंगी लेकिन भगवान की कोई विचारधारा नहीं होती यह आपको कोई नहीं बताएगा जो सच है वह सच ही रहेगा और सच सच्चाई के कोई दो पहलू नहीं होते यह समझना बहुत आसान है लेकिन उसके साथ ही साथ यह मानना उतना ही मुश्किल है बाकी जीवन आपको खुद समझा देगा बस जीवन बिना परिभाषाएं और बिना मौका दिए समझाता है तो आप तैयार रहिए।

Tea with moon

आज बड़े दिनों बाद फिर उससे मिलने का दुर्लभ अवसर प्राप्त हुआ है भावनाओं का बवंडर उठता है जब वो सामने होती है क्या करें क्या ना करें आंखें उधर होती है देखने के लिए रोशनी आंखों से परे जाने लगती है दिमाग में कोई आकृति नहीं बनती ख्याल अच्छा है किताबी बातों के लिए।

दिवाली का दिन था उस दिन उसने शायद से साड़ी पहनी होगी असल में 2 लाइनें लिखी थी मैंने अपनी एक काल्पनिक चित्र के सहारे जिसमें उसने साड़ी पहनी थी।

"वो

अपनी मुस्कुराहट को कुछ इस कदर अपने आंचल में छुपा लेती है

जैसे बादलों ने पूनम का चांद छुपाया हो।"

उस दिन भी कुछ ऐसा ही था चांद आसपास तो था लेकिन देखना मुश्किल था जैसे बादलो ने उस पर जेड प्लस की पहरेदारी बैठाई थी।

आसमान साफ जब हुआ जब ख्यालों की बारिश की बूंदे मिट्टी कि मध्यम खुशबू का रूप ले चुकी थी सुकून सांसों में भर के आंखों में दिखाई दे रही थी जिसकी बात करने वाले गजले लिख रहे थे कोई ख्याल उससे बड़ा नहीं वह सामने हो तो उससे कोई अच्छा नहीं।

तारीख तो सही-सही याद नहीं है लेकिन 15 या 16 दिसंबर 2018 का दिन था इससे क्या फर्क पड़ता है 1 दिन आगे या पीछे हो लेकिन एक दिन में बहुत कुछ बदल जाता है इस बात की मुझसे ज्यादा शायद ही किसी को अनुभूति होगी।

प्रोजेक्ट कार्यक्रम रहा होगा वो शायद से प्रोजेक्ट बनाना था तो मेरी याद आई उसे वैसे तो कुछ खास है नहीं काबिलियत मुझे लेकिन कुछ चीजें बनाने का बचपन से ही खानदानी होनर रहा तो बस उसके लिए भी कुछ बनाना था जो उसके कुछ काम आ जाए।

प्रोजेक्ट बनाने के लिए सामग्रियों को एकत्रित करने के लिए कहीं ना कहीं तो जाना पड़ता है।

16 दिसंबर दो हजार अट्ठारह जिंदगी का बढ़ा खुशनुमा दिन था जिंदगी में पहली बार दोस्तों के अलावा भी कोई मेरी बाइक पर मेरे साथ बैठा था।

इस तरह के तो पहले सपने आया करते थे मुझे आज भी मुझे लग रहा था कहीं मैं सपना तो नहीं देख रहा नहीं लेकिन ये हकीकत था क्योंकि साइलेंसर में मेरा पैर जला था अगर सपना होता तो टूट जाता।

उसने कहा था कि मदद के बदले क्या चाहिए तुम्हें मैं तो उसे ही मांगना चाहता था लेकिन मैंने सोचा चलो एक कप चाय मांग लेते हैं जो वह अपने हाथों से बनाकर पिलाई चाय में भारतीयों की अनंत भावनाएं छुपी होती है जैसे कि दिन की शुरुआत ही चाय से होती है तो आपको और क्या ही परिभाषा देना।

वह दिन मुझे अच्छे से याद है 17 फरवरी 2019 मैं गहरी नींद में सो रहा था किसी ने मुझे जगा कहा जागो जागो मैं तुम्हारे लिए चाय बना कर लाई हूं अच्छा तो वह सपना था मैं भविष्य में वो मेरी पत्नी थी ऐसा लगा मेरे लिए चाय बना कर लाई थी मेरी आंखें खुली उसका मुस्कुराता हुआ चेहरा मेरे सामने में था हाथों में मेरे लिए और अपने लिए एक एक कप चाय पकड़ी हुई थी और बोला उसने जल्दी जागो।

लेकिन यह बस एक सपना था।

17 फरवरी 2019 हकीकत की बात करें तो वो दिन सर्दी का था उस दिन उसने कहा था चलो मैं तुम्हें एक कप चाय पिलाती हूं मैं तैयार हुआ हुआ मैंने एक शर्ट

पहनी जिस पर चांद बना था उसके घर पहुंचा वह घर से निकली चमकती हुई आंखों के साथ उसकी मम्मी उसके साथ खड़ी थी मैंने कहा नमस्ते ।

चाय बनाना एक कला है दुनिया में अनेक प्रकार की चाय होती है कुछ निम्नलिखित यह है Black tea

Earl Grey tea

Masala chai

Green tea

Oolong tea

Pu'erh tea

White tea

Herbal teas

Chamoile tea

Chrysanthemum tea

Rooibos tea

Kulhad bale chai

लेकिन उसने जो चाय बनाई वो थी tea with moon उसकी बनाई गई चाय कुछ ज्यादा ही मीठी थी चीनी तो डाली थी उसने उसके हाथों से भी मिठास और बढ़ गई और अच्छा हुआ ये चाय मुझे बस एक बार नसीब हुई वरना मैंने सुना है ज्यादा मीठा पीने से शुगर की बीमारी हो जाती है।

समय

दियो का त्यौहार खत्म होने के बाद कुछ लोग बुझे हुए दियो को समेट कर अगले साल की उम्मीद सजाने के लिए इकट्ठा करते है ताकि जब रोशनी का त्यौहार एक बार फिर से आए तो उसी उम्मीद में रंगों से रंग कर उसे फिर से एक नई उम्मीद की तरह साजा सके नए त्यौहार के लिए नई उम्मीदो के बिना सब कुछ बेकार इसे समझना इतना भी मुश्किल नहीं उम्मीद होना बहुत ही जरूरी है।

आज बिल्कुल ऐसा ही समय था चारों तरफ अंधेरा फैला हुआ सर्द रात ऐसा लग रहा था मानो अंधेरे की भी आवाज सुनाई दे रही हो आपकी सांसे भी आपसे बात कर सके इतना सन्नाटा आपकी आंखें आपको देख रही हो कान आपको सुनने की कोशिश कर रही हो दिमाग आपके खिलाफ षड्यंत्र कर रहा हो दिल धड़कना बंद करने की धमकी दे रहा हूं।

रात बस उसे सब कुछ बता देना चाहती है कि मैं उससे कितना प्यार करता हूं वो सामने होती तो मैं कभी बता नहीं बोल पाता लेकिन संचार के अनेक माध्यमों की सहायता से आप बिना किसी के सामने आए भी सब कुछ बता सकते हैं।

जैसे तैसे सांस रोक के मैंने उसको बता ही की दिया की क्यों तुमसे इतना प्यार करता हूं मैं सब कुछ नहीं बताया ऐसा बताने की जरूरत ही क्या है मुझे तो बस एक कल्पना जैसी खुबसूरत कहानी है अगर वह मान ले तो सच है वरना कल्पना है और कल्पना झूठ नहीं होता।

पर उसने ना हां और ना कहते हुए समाज और अपने परिवार का वैकल्पिक पक्ष रखा हम दोस्त रह सकते हैं चलो कुछ तो है यह कैसा समय है जहां लोगों को दोस्ती का अर्थ भी नहीं पता वहां पर भी कह देते हैं चलो हम दोस्त रह सकते हैं

असल में अगर आप आज के समय में दोस्ती का सही अर्थ समझे तो आप यह कह सकते हैं कि जहां सब कुछ खत्म करना हो या जहां कुछ ना हो चलो एक नाम मात्र की दोस्ती शब्द को छोड़े चलते हैं इसीलिए नफरत है मुझे दोस्ती शब्द से और जिंदगी में सिर्फ चार ही दोस्त है इसलिए मेरे और मेरे लिए दोस्ती शब्द का वही अर्थ है।

पूरे साल उससे बात करने के बाद भी कभी ऐसा एहसास नहीं हुआ कि आज उसने मुझसे बात की है हमेशा बस ऐसा लगता है कि मैं ही उससे बात करता हूं बात करने को कुछ हो या ना हो वह बिल्कुल कुछ ऐसा ही है जैसे कोरे कागज पर जब कुछ लिखा ना जा सके तो उस पर अपनी परछाई दिखती है और वह कोरा कागज खुद में हमें दिखाता है।

एक दिन मैंने उसके लिए कुछ लिखा था वह सभी लड़कियों के लिए था जैसा एक लड़के को किसी लड़की के लिए होना चाहिए चंद शब्द लिखे उसे समझ नहीं आया तो उसे समझाने के लिए कुछ लाइनें और लिखी गई जो यह थी।

तुम्हारी मुस्कुराहट पौधे पर लगे फूल की तरह है इसे कभी पौधे से दूर मत होने देना।

वरना पौधा मुरझा जायेगा गौरैया का मतलब एक लड़की से जो समाज में आगे निकल के कुछ बढ़िया करना चाहती है आसमान में उड़ना चाहती है लेकिन समाज के लोग उसके पंखों में और उम्मीदों में आग लगा देते हैं कि बेटियां कहां बढ़ेगी आसमान बाहें फैलाए उसका इंतजार कर रहा है मतलब उम्मीद अभी उसके अंदर है अभी वह कोशिश कर रही है कामयाब होने के लिए वह चांद है आसमान में तो दिखेगी इसका मतलब है कि आज की लड़कियों को जितनी लड़कियों पर जितना भी सामाजिक प्रतिबंध लगा लो वो अपनी प्रतिभा से उभर कर निकल आती है समाज के सामने फर्क नहीं पड़ता सामाजिक भेड़ियों के घुराने से मतलब वो लोग जो लड़कियों को बाहर निकलता देख उन पर तरह-तरह की बातें बोलते हैं और

आप उसकी उम्मीदों के पंख जल चुके हैं तो शिर्डी उस लड़की से कह रहा है मैं पंख ना बन सकूं सही तेरे लिए लेकिन मैं तुझे उस ऊंचाई पर ले जा सकता हूं जहां से तो क्षितिज देख सके क्षितिज का मतलब होता है जहां पर धरती और आसमान मिलती दिखाई देती है

चांद का मतलब भी लड़की उसकी उम्मीदों के पंख में आग लगा देने से मतलब है की 12 वीं पास करते ही कई लड़कियों की शादी कर देते हैं उनके मां बाप जो लड़कि यां आगे कुछ करना चाहती है ....

भगवान

समय साल का रूप कब लेता है क्या आपको पता चलता है वक्त को खोने का एहसास कैसे होता है लिखने से कुछ बदलता नहीं बताने से कुछ ठीक होता तो कौन है जो खुदा के पास अपनी फरियाद लेकर जाता नहीं।

अब तो उसके हिसाब से भी 1 साल बीत चुका होगा और पूरा साल बीतने के बाद भी मुझे कभी ऐसा एहसास नहीं हुआ कि आज उसने मुझसे बात की है रात भर बस उससे ही बात करता था बस मैं बात करता था बस मैं ही जैसे लग रहा था सब कुछ मैंने ही बनाया है बस समुंदर की लहरों को जैसे चांद उकसाने का काम करता है सूरज के निकलते ही सूरज की गर्मी के सामने सारी गर्मी सागर की ठंडी पड़ जाता है।

उसी तरह एक दिन ऐसा भी आया जब सब कुछ बदल गया बदलने को क्या यह लोग अपने लिए और बहुत सी परिस्थितियों के अनुसार और बहुत से कारण सम्मिलित हो सकते हैं फैसले लेने के लिए असल में लोगों को अपने फैसले लेते समय बहुत से लोग और विचारधाराएं प्रभावित करती हैं कि वह किस आधार पर फैसला लेते हैं अपनी-अपनी विचारधारा हो सकती है फैसला लेने के संदर्भ में इस पर क्या कहना।

बस यही कि कम से कम 1 दिन तो उसने मुझसे बात की होती समझा होता मुझे आखिर पूरी किताब ना सही कम से कम उसने एक पेज तो पढ़ होता कम से कम लोग किताब का आखिरी पेज तो पढ़ ही लेते हैं।

मैं उसे सजाने के लिए अक्सर चाहिए बनाया करता था उसके लिए कान के झुमके उसके लिए साड़ी वह हर चीज जो उसे चाहिए उसे मैं बनाना चाहता था हर चीज

उसके नाम की थी मेरे आस पास एक तरह का चक्रव्यू तैयार हो गया था जैसे मेरे चारों तरफ उससे संबंधित चीजें चीजें फैली हो ऐसा कोई दिन नहीं जिस दिन उससे संबंधित कोई चीज नहीं मैंने ना देखी हो या मेरे आंखों के सामने से ना गुजरी हो।

सुबह उठते ही उसकी बहुत सारी तस्वीर मेरे आस-पास हुआ करती थी कागजों पर बहुत सारे ढेर जिसमें उसके बारे में हजारों पन्ने लिखे हो कागजों पर पड़े शब्द भी अब सलाह देने की कोशिश करते हैं जिनके लिए मैंने लिखा था।

यह बातें उस तक कब पहुंचेगी अगर वह मुझसे यह सवाल पूछते तो मेरे पास कोई जवाब नहीं था होता होता भी कैसे मुझे खुद नहीं पता मैं क्या था और क्यों था यह सब कुछ बस था शुरू से।

असल में ऐसी स्थिति तक वह आपके लिए भगवान से भी बढ़कर हो जाता है एक भक्त को भगवान अगर आप से मिलने आए और उसने आपको बुलाया हो मिलने के लिए तो आप भगवान से नहीं मिलेंगे यह लाजमी सी बात है भगवान ही है वह आप जैसे भगवान के डर के गुलाम हो की आपकी की गई सभी कर्मों की सजा देंगे इसलिए आप उनसे माफी मांगनी चाहिए या अच्छे काम करते रहना चाहिए लेकिन इन सब चीजों से कोई फर्क नहीं पड़ता।

भगवान भगवान से बढ़कर बस आपको वो चाहिए भगवान कुछ नहीं है उसके सामने ये क्या प्यार की सही परिभाषा है बिल्कुल प्यार की यह सही परिभाषा हो सकती है लेकिन आप क्या ही समझ सकते हैं और कोई सच्चा प्यार नहीं करता और सच्चाई और प्यार दोनों एक ही चीज है बस शब्द अलग अलग है आप पूरी तरह बस उसे देखना चाहते हैं मुझे याद है वो दिन भगवान की दी हुई अपार खुशियों से ज्यादा खुशी मिलती है जब उसे बस आप एक बार देख ले उसका मुस्कुराता हुआ चेहरा कोई फर्क नहीं पड़ता भगवान आप से नाराज हो भगवान जैसी कोई चीज भी नहीं है ऐसा भी मानने की स्थिति बड़ी सरलता पूर्ण तरीके से उत्पन्न हो जाती है और आप सोचते रह जाते हैं कि यही मेरा भगवान है असल में वह भगवान नहीं

होता वह भगवान से बढ़कर होता है भगवान आपको कभी भी गुलाम नहीं बना था लेकिन आप धीरे-धीरे प्यार में गुलाम बनते चले जाते हैं फिर और गुलाम और गुलाम जब आपको एहसास होगा है इन बातों का शायद से आप अपनी पूरी मानसिक स्थिति खो चुके होंगे अब बदलने को कुछ नहीं बचा सारा ज्ञान धरा का धरा रह जाएगा आप कितने भी ज्ञानी हो जो चीज आपने बनाई है वो चारों तरफ आपके होंगी आप में इतनी हिम्मत नहीं होगी कि आप उसे मिटा सके बस चलती जाएंगे चीजें चलती जाएंगे और कुछ समय बाद आपको एहसास होगा आप खोखले हो चुके हैं वो दिन याद करेंगे जब आपने खुद ही उन चीजों को बनाया होगा आप कभी भी दूसरे के बनाए चक्रव्यू से निकल सकते हैं लेकिन खुद के बनाए चक्रव्यू से कभी नहीं निकल पाएंगे क्योंकि आपने उसे खुद बनाया होता है और अपने चक्रव्यू को तोड़ने का खुद कोई रास्ता नहीं छोड़ते हम दूसरे के चक्कर भी को तोड़ने का रास्ता ढूंढते हैं।

जब सब कुछ खत्म होने को आता है तो सोचने समझने की क्षमता क्षीण हो जाती है लोग आपको तरह-तरह की सलाह देते हैं कुछ लोग आपके साथ होते हैं वह बताते हैं क्या करना है क्या नहीं करना है उसके साथ भी होता है बस वो दूसरों की बातें ज्यादा सुनती है और दो भाई बहन मिलकर उसे बेवकूफ बनाते हैं छलावेगी दुनिया दिखाते हैं सच्चाई से दूर लेकर जाते हैं।

असल भगवान का ये सिद्धांत है ऐसा मैं मानता हूं आप माने या ना माने फिर भी आपको बता देता हूं कि दुनिया में हर किसी को एक ना एक बार सच्चा प्यार करने वाला मिलता है वो सिर्फ एक ही बार मिलता है बस आपको पहचानना है और उसे स्वीकार करना है जो कि बहुत ही मुश्किल है क्योंकि वह जब तक जिससे आप सच्चा प्यार करते हैं वह जब तक किसी और से सामाजिक और भ्रष्ट समाज के बुने हुए षड्यंत्र कारी उजालों की चपेट में फंसकर किसी और विकल्प का चुनाव कर लेता है आप किसी पक्षी के कटे हुए पंख की तरह फड़फड़ा ते रहिए बस यही तकलीफ आपको नया ज्ञान देगी।

वो दिन मुझे अच्छे से याद है शायद से जब मैं उससे आखिरी बार मिला था जब मैं उसे अपना चांद कह सकता था वह आखरी बार था या अंत था मुझे नहीं पता।

अब तक मैंने उसकी दो हजार से ज्यादा तस्वीर बना रखी है जो मुझे लगता है वो मेरे शरीर का हिस्सा है अगर मैं उन्हें फाड़ू या जला दु तो मुझे ऐसा लगेगा कि मैं अपने शरीर के कुछ अंगों को काट रहा हूं जो इतना ही दर्दनाक और भयानक है जैसे कि भगवान ने मुझे बनाया हो और एक दिन उन्हें मुझसे ऐसी मानसिकता तकलीफ हुई हो कि वह मेरे अलग शरीर के अलग-अलग हिस्सों के टुकड़े कर रहे हो या उतना ही तकलीफ दे है या उससे भी दर्दनाक जब कोई आपकी बचपन की बनाई हुई तस्वीर फाड़ दे या जला दे आप उसमें अपनी दुनिया देखते हैं।

मैं बस हमेशा इतना सोचता कि सच्चाई ही सब कुछ है असल में मैं भी सच्चाई से डरता था बहुत ज्यादा डरता था कभी भी मुझ में इतनी हिम्मत नहीं हुई कि मैं उसके बारे में जान सकू मैं जान सकता था इतनी काबिलियत थी लेकिन फिर भी मैंने कभी भी उसके बारे में जानने की कोशिश नहीं की बस मैं इतना सोचता था कि मैं उससे बहुत प्यार करता हूं दुनिया न मैं सबसे ज्यादा वह मेरे लिए हर एक चीज दुनिया में छोड़ कर मेरे पास लौट आएगी लेकिन दुनिया का भयानक जाल है जो हर चीज अपने अंदर समा लेती है सच्चाई और सच्चा प्यार इस पापी दुनिया के सामने बहुत छोटे शब्दों में नजर आते हैं इनके बारे में कुछ सैद्धांतिक नहीं है बस यह अपनी आवश्यकता अनुसार अपने निर्णय लेते हैं इन्हें कोई फर्क नहीं पड़ता किसी को कितनी तकलीफ होती है किसी भी चीज के ना मिलने से।

वो दिन मुझे आज भी याद है 19 April 2019 उसने मुझसे पूछा था मुझसे शादी करनी है या मेरे साथ रहना है यार मेरे साथ घूमना अजीब सी बात है दुनिया देखता था मैं उसके साथ अपनी हमेशा उसके साथ रहना चाहते हैं एक अलग दुनिया वह मैं और एक हमारी प्यारी सी बेटी ऐसी दुनिया सिर्फ कल्पनाओं में होती है कल्पना झूठ नहीं होती तो कल्पना सच भी नहीं होता।

उस दिन मैं इतना खुश था कि आप को शब्दों में बयां नहीं कर सकता जैसे कि बचपन का देखा सपना सच हो गया हो शादी करना चाहता था ऐसा कहकर भी बड़ा अजीब सा लगता है लेकिन सच्चाई यही थी सपनों में आती थी एक दिन जिंदगी में आई लेकिन अच्छी लाइन हो सकती है यह किताब में लिखने के लिए असल जिंदगी में दूर-दूर तक इसका कोई सच्चाई से तालुकात नहीं था लेकिन उस दिन मैं खुश था तो आपको उस दिन की कुछ दिलचस्प घटना बताता हूं रात के करीब 12:00 बज रहे थे और मैं इतना खुश था कि मैंने अपने दोस्त को मिलने के लिए बुलाया बस मैं किसी को बताना चाहता था मैं बहुत ज्यादा खुश था।

उसे मैंने रात को 12:00 बजे बुलाया होगा यह सही समय नहीं है लेकिन पहले तो मैं क्या दिखाई रात को 12:00 बजे पार्क में बैठे थे बस उस दिन काफी खुशी के कारण मेरी हालत दिलचस्प और देखने लायक थी।

बस एक सवाल उसका था और जवाब की दिलचस्पी बस और कुछ क्या वो मुझसे शादी करती है कहां करते थे प्रधानमंत्री लेकिन आप उसे मेरे प्रति एक टोंट कह सकते हैं मेरी इस विचारधारा का मजाक उड़ाने के लिए कि मैं भी प्रधानमंत्री बन सकता हूं।

कभी-कभी अगर खुश होने का मन किया करता था तो उसकी गली से गुजरा करता था मैं उसका चेहरा देखकर ही इतनी खुशी मिलती थी कि क्या यह बताओ असल में यह बात मैं आपको कई बार बता चुका हूं इस किताब में लेकिन असल में बहुत से लोगों ने इस बारे में लिखा भी होगा लेकिन मेरे पास शब्द नहीं मैं क्या ही व्याख्या करूं।

रोज ऐसे ही जिंदगी चलती रही कभी खुशी कभी गम वाला नियम लागू था जिंदगी पर जिसे बदलना मेरे हाथ में नहीं उसके हाथ में था कभी वह लौट आए तो जिंदगी बदल जाए लिखने को बस यही था बात हो जाया करती थी बस मैं ही बात किया करता था उससे और वह नाराज हो जाया करती थी बस जिंदगी में यही चलता था

साल दर साल चलता रहा बस उस 1 दिन की उम्मीद में कि किसी दिन तो वह मुझसे बात करें जब लगे कि हां वह मुझसे बात कर रही है मैं उससे नहीं मुझे कुछ बता रही है मैं उसे कुछ सुना नहीं रहा।

हर चीज बदलती रहती है लेकिन उसकी भावनाएं कब बदलेगी मेरे लिए ?

बदलाव के लिए एक दिन काफी है यह बातें मुझे जब समझ आई जब वह बहुत बहुत पहले ही बदल चुकी थी बस मैं समझ नहीं पाया एक सिद्धांत जो यह बताता हो उससे बस अपनी सच्चाई पर दृढ़ता बनाए रखें वह 1 दिन लौट के आई आखरी बार फिर से जाने के लिए असल में वह कभी आई नहीं थी कल्पना की दुनिया में दुनिया सजाना अलग है।

11 मई 2019 अच्छे से याद है मुझे पता था क्या बदलने वाला है बस मैं उसे स्वीकार नहीं कर पा रहा था कई बार लोग चलते चलते रास्ता भूल जाते हैं यह बिल्कुल वैसा ही था रास्ता बोदलने से लक्ष्य सामने नहीं आ जाता बल्कि हम उससे और दूर चले आते सोचने की क्षमता कम होने लगती है जब बहुत सारा खाली वक्त आप को कैद करने की कोशिश करता है उससे निकलने के लिए बस किसी का आप हाथ पकड़ना चाहते हैं जो हमेशा आपके साथ रहे।

बिल्कुल असहाय स्थिति में था मैं लेकिन आज तो उससे मिलना ही था सदियों तक ना मिलने के लिए मैं जिस सच से और जिस जानवर से भागता रहा शायद से कुछ दिनों बाद वो चारो तरफ जानवर दोनों मेरे सामने होंगे मुझे पता है क्या सही है क्या गलत है लेकिन मैं कुछ कर नहीं भगवान हो गया हूं मैं लोगों को तकलीफ में देख सकता हूं लेकिन उनकी तकलीफ कम करने के लिए कुछ कर नहीं सकता।

1 दिन पहले से मैं सोया नहीं आंखों में निराशा की नींद और इस दिन को ना देखने की हिम्मत जैसे अनंत धीरे चादर का रूप लिए ढकने को तैयार है सूरज ढलने के समय क्या-क्या बदल जाए इसका अनुमान लगाने से भी या सोचने से भी डर की अनुभूति होती बस किसी तरह आज का दिन बीत जाए यही कोशिश रहेगी।

11 मई 2019 - आज मिलना है अकेले जाने की हिम्मत नहीं एक दोस्त को साथ लिया जो बस जानता था कि हम जानते हैं आज बस जो छुपा है वो भी उसे सब बता दूं जो बदल नहीं सकता उसकी कोशिश नहीं करनी अब जो खो दिया है उसे जाने देना है बस उससे सब कुछ जानने की ख्वाहिश है।

उससे कुछ पूछना नहीं इसलिए किसी कारण के लिए बहुत कारण हो सकते हैं उसके पास बताने को क्या भावनाओं की कोई कीमत होती है वो कहती तो ठीक कि तुम्हारे भावनाओं की कोई कीमत नहीं अनमोल है सरल शब्दों में इसका सरलीकरण करें तो आप कह सकते हैं भावनाओं की कोई कीमत नहीं होती है।

आज जब हम कहीं जाने को मिलने वाले थे तब वह मुझसे कुछ दूरी पर खड़ी थी मैं नीचे था वह कुछ ऊपर खड़ी थी एक बड़ी सी सीसे की दीवार के पीछे वो दिखाई दे रही थी लेकिन मुझे उस तक पहुंचने के लिए बहुत दूर तक चलना पड़ा है पहले से ही या मैं बहुत दूर से चलकर आया हूं थकान निराशा का रूप ले चुकी है समझाने को कुछ नहीं बस देख सकते हैं सब कुछ बदलता हुआ।

असल में सच्ची मोहब्बत का साथ सीधा अर्थ होता है आजादी आप उसे पूरी आजादी दें भले ही वह आजादी देने के लिए उसे ही क्यों ना छोड़ना पड़े उसे पूरी आजादी फैसले लेने का हमेशा उससे कहता था जैसा तुम चाहो।

असल में आखिरी बार हम जिस जगह मिले उसके चारों तरफ जानवर थे आप कह सकते हो आपको पता चल गया होगा वह चिड़ियाघर उन सभी जानवरों में एक शांति का भाव था लेकिन वहां पर जो एक जानवर नहीं था उसके वैसी रूप को देखना अभी बाकी था।

कोई कदर नहीं भावनाओं की अभद्र शब्द का उपयोग उन जानवरों से भी कई गुना बड़ा जानवर असल में आप इस तरह के जानवरों को पिंजरे में डाल सकते हैं उनको उनके कर्मों की सजा भी दे सकते हैं लेकिन किसी ने उस जानवर की आजादी मांग ली हो आपसे तब आप कुछ नहीं कर सकते और अपने ही बनाए पिंजरे में कैद हो जाएंगे।

उस दिन कहने बताने फैसले सुनाने को बहुत कुछ था मैं तो बस आया ही इस उम्मीद में था कि वो आज फैसला कर दे मेरा पर आप जैसा सोचते हैं वैसा कभी नहीं होता आप जैसा भी सोच ले हमेशा विपरीत होता है।

उस दिन उसका हाथ मेरे हाथ में था लेकिन वो मेरे हाथ की लकीरों में नहीं थी।

उसका सर मेरे कंधे पर था मानो किसी ने जिम्मेदारियों का पहाड़ रख दिया हो मैं उसे गले लगाना चाहता था लेकिन वो मेरे नसीब में नहीं था मैं उसे बताना चाहता था मैं उसके साथ रहना चाहता हूं हमेशा मैं उसके लिए हर चीज बना सकता हूं लेकिन उसके बिना मैं कुछ नहीं मैं हर चीज बदल सकता हूं लेकिन वो जो बदल दे वह नहीं बदल सकता वो बस मुस्कुराती रहे।

जिंदगी का सबसे खूबसूरत दिन था वो सालों से इंतजार किया जो उसके मुंह से सुनने को उसने कहा मैं तुमसे बहुत प्यार करती हूं उसने कहा आई लव यू मुझे पता था ये तो बदल ही जाएगा दिमाग को पता था दिल ने कहा नहीं ये चांद हमेशा के लिए मेरा है मेरा चांद पूनम का चांद।

बस खुश था मैं बहुत खुश लेकिन भगवान से मेरी खुशी देखी कहां जाती है 24 घंटे भी नहीं खुश देखा गया कम से कम कुछ दिन तो खुश रहने दिया होता 24 घंटे में ही सब कुछ बदल गया ऐसा था जैसे अभी ये तो मैंने कोई सपना देखा हो इतनी जल्दी तो सपना भी नहीं टूटता है।

कोई ऐसे छोड़कर चला जाए जिसे बचपन से चाहा हो तो तकलीफ तो होती है इतनी कि शब्दों में बयां करना मुश्किल है जिंदगी से निराशा ना जीने की ख्वाहिश तकलीफ होगा आंसुओं के बादल आपको बस भिगोने का काम करेंगे।

आप इन सभी परिस्थितियों से उमर भी आओ अगर आपको बस छोड़ दिया जाए अगर आपके पीछे कोई जानवर छोड़ दिया जाए जिसका आप कुछ कर नहीं सकते।

मेरे चारों तरफ उसकी तस्वीर थी मेरी बनाई बहुत सी चीज है उसके नाम की सुबह उठते ही जो उसकी याद दिला दें और एक जानवर आप को फोन करें और अभद्र भाषा का प्रयोग करें।

यह सब आप सहज रूप से सहन करके कुछ महीनों बाद उभर जाएंगे लेकिन वही जानवर आपको रोजाना फोन करके आप के चांद के बारे में भ्रष्ट बातें करें जानवर जैसी बातें फिर भी आप कुछ नहीं कर सकते किसी की खुशियों के आगे जो झुकने का हुकुम हो आपको जिसे आप भगवान मानते हो।

सारा ज्ञान धरा का धरा रह जाएगा आपका बस आप एक ही बात सोचोगे यह समय बीत जाए और आप बस सोचोगे कि मैं बस सामान्य हो जाऊं एक सामान्य जिंदगी हर किसी का त्याग करके बस जीवन फकीरों जैसी हो जाए ना किसी से कुछ लेना ना किसी को देना फकीरी में जीना।

ना किसी को खोने का डर ना किसी को पाने की चिंता।

लेकिन वह आपकी आत्मा में बसी हुई है या तो आप मर जाइए या इंतजार करिए बस उसका।

बहुत लंबा इंतजार कई किलोमीटर तक पैदल चलने जैसा अकेले बस चलते रहना चलते रहना जब तक किसी चीज का अंतर ना आ जाए आपका या आप की कहानी का चलते रहिए बस कहीं रुकना नहीं कोई मंजिल का अता पता नहीं बस चलते रहिए आंख बंद करके बिल्कुल बिना किसी को देखें किसी को देखेंगे तो सवाल आप के आस पास आए सवालों के जवाब देने की हिम्मत आप में अब बची नहीं है।

moon

'अपनी मुस्कराहट कुछ इस क़दर अपने आँचल में छुपा लेती है, जैसे बादलों ने पूनम का चांद छुपाया हो'

स्केच

स्केच

एक स्केच था

जिसमें एक लड़का तस्वीर बना रहा होता है और एक ख्वाब में खो जाता है वो तस्वीर कुछ ऐसा होता है कि वो स्केच बना रहा होता है और उसके स्केच से लड़की बाहर आ रही होती है जो उसे गले लगाने जा रही होती तस्वीरों की बात करें तो तस्वीर अपने आप में जीते जागते सबूत होते हैं आप की व्यथा दर्शने के लिए लेकिन उन्हें समझना उतना ही मुश्किल है जितना उन्हें बनाना वो आपकी जिंदगी से जुड़ी होती है जैसे आपके शरीर का अंग हो जैसे मेरे चारों तरफ उसकी स्केच ही स्केच हुआ करती थी।

रोज में उन्हें बनाया करता था इस उम्मीद में कि एक दिन वो तस्वीरों से निकलकर हकीकत में मेरे सामने होगी लेकिन मैं गलत था वो तस्वीरें कभी भी हकीकत में बदली नहीं वो मेरी कल्पना भर रह गई लेकिन मेरी तो थी वो मैंने बनाया था उन्हें मैंने कभी भी उसे नहीं दिया वो स्केच।

उस डिप्रेशन से उभरने में लगभग 6 से 7 महीने बीत गए बीमारी से लड़ना बहुत मुश्किल होता है दूसरे को देख कर पहले बड़ा ही सरल लगता था यह कहना यार खड़े हो चलो आगे बढ़ो बीमारी कोई बड़ी बात थोड़ी ना है जब खुद पर परिस्थिति बितती है तभी अनुभव होता है

जान देना बड़ा ही सरल होता है जिंदगी की परिस्थितियों का सामना करना उससे कई गुना मुश्किल लेकिन आप हार नहीं मान सकते आपको बस चलते रहना होगा यही सिद्धांत है यही जीवन है चाहे कुछ भी हो जाए।

जब कुछ ठीक - ठाक हालत हुई तब मैंने उससे अपने स्केच मांगे लेकिन शायद से जब तक वह किसी की गुलाम हो चुकी थी उसे मेरे बनाए स्केच एसे ही लगते थे जैसे कि किसी शाकाहारी व्यक्ति के खाने में मांस का कोई टुकड़ा डाल दिया हो।

लेकिन अब भी वो मेरे लिए भगवान थी मेरा चांद मैं बस उससे अपने स्केच चाहता था वह आजाद रहे खुश रहे खुशियां चुनने का उसे पूरा अधिकार है चाहे उसके लिए प्रधानमंत्री की कीमत क्यों ना चुकानी पड़े किसी के मरने खत्म होने या आत्मा त्रपीड़ित होने से क्या फर्क पड़ता है ।

अपने स्केच चाहता हूं बस उससे उस स्केच में मैंने बहुत सारी क्रिप्टो करेंसी की जानकारी छुपा रखी है जिन से मैं सोचता था जिंदगी में बदलाव किया जा सके और देश की भ्रष्ट व्यवस्था में भी वह मेरे ख्वाबों को साकार करने का जरिया था मैं सोचता था

जब रात को मेरा पूनम का चांद सोए और रात को जो ख्वाब देखे वो मैं सुबह उसे पूरा कर सकूं मैंने पूरी व्यवस्था है बनाई उसके लिए बस सब कुछ बदलना चाहता था मैं ।

लेकिन कुछ भी बदल नहीं पाया बल्कि उसने ही मुझे बदल दिया खोखला इंसान छोड़ दिया अब जिसमें कुछ नहीं बचा।

बचपन से उसकी तस्वीर बनाते बनाते ऐसा लगता था जैसे कि वह मेरी बनाई तस्वीरों में ही बड़ी हो रही है कभी हकीकत में तो देखा नहीं उसे ऐसा लगता है कोई कितने साल तक किसी को बना सकता है कागज के टुकड़े पर मैंने उसे बढ़ता हुआ देखा है मेरी बनाई तस्वीरों में उसकी आंखें भी बोलती है बस वो तस्वीरों में मुझे देखती है हकीकत में कभी उसने देखा नहीं ना ही मुझे समझा।

कभी सोच भी नहीं सकता था कि उसने मेरी बनाई हुई खुद की तस्वीर भी फाड़ दी या जला दी जब मैंने उसे यह तस्वीरें दी थी तो मैंने नहीं कहा था कि यह मैं तुम्हें दे रहा हूं मैंने कहा था यह मैं तुम्हें कुछ समय के लिए रखने के लिए दे रहा हूं यह मैं

तुमसे फिर वापस ले लूंगा उसे कोई अधिकार नहीं था उन तस्वीरों को नष्ट करने का लेकिन उसने फिर भी मेरी बनाई खुद की तस्वीर या तो जला दी होगी या फाड़ के फेंक दी।

जैसे उसने मेरे ख्वाबों के साथ अपने खुद के ख्वाबों को भी जला कर या फाड़ कर फेंक दिया हो क्या बस इतना ही फर्क है मेरी और उसकी भावनाओं में लोग परिस्थितियों में फस के कम से कम जो तस्वीरें तुम्हारे बाद भी रह सकती हैं उन्हें तो कम से कम रहने का हक दिया होता उसने।

9 789354 386152